나무를 위한 변명

소금북 시인선 · 09

나무를 위한 변명

임동윤 시집

소금북
sogeumbook

▌임동윤

- 1948년 경북 울진군 금강송면에서 태어나 춘천에서 성장했다. 1968년 강원일보 신춘문예에 시로 등단한 후, 1992년 문화일보와 경인일보에 시조로, 1996년 한국일보에 시로 당선하였다.

- 시집으로 〈연어의 말〉 〈나무 아래서〉 〈함박나무 가지에 걸린 봄날〉 〈아가리〉 〈따뜻한 바깥〉 〈편자의 시간〉 〈사람이 그리운 날〉 〈고요한 나무 밑〉 〈풀과 꽃과 나무와 그리고, 숨소리〉 〈고요의 그늘〉 등 15권이 있다.

- 녹색문학상, 수주문학상, 김만중문학상, 천강문학상을 수상했으며 한국작가회의, 가톨릭문인회 회원이자 표현시 동인으로 활동하고 있다.

■ 전자우편: ltomas21@hanmail.net

열다섯 번째 시집을 낸다

코로나-19를 견디면서
영원한 것이 없다는 것을 깨닫는다

먼저 간 친구의 죽음도
대견하게 느껴지는 요즘이다

만나고 싶어도
만날 수 없는 이름들…

어서, 이 두렵고
소원한 날들이
사라지기를 기원해본다

이 밤,
내 안에 바람이 차다

| 차례 |

| 시인의 말 |

제1부 고요한 저녁

제3부 내 살던 고향은

제 **1** 부

고요한 저녁

교감의 저녁

폭설 자옥한 때죽나무 숲을 버리고
황망히 처마 밑으로 찾아드는 오목눈이 있다

한 마리 두 마리 세 마리…
저녁연기로 몸을 덥힌 굴뚝 언저리가
오목눈이 날갯짓으로 조금씩 환해진다

벌써 어둠으로 지워지는 때죽나무 숲에는
눈 뜰 수 없는 눈발이 더께로 쌓이고 있다

그러나 여기,
아무나 받아주는 참 환한 굴뚝

애기똥풀꽃

앉은자리에서 똥을 누는 꽃
노랗게 물드는 잎과 꽃 사이
떠도는 바람까지 노랗다
노랗게 그을린 꽃이 몸 안으로 집어넣은 냄새가
여전히 노랗게 남아도는 봄날
풀꽃의 손끝은 물색 하나로도 환하고
꽃잎에 붙어있던 나비 한 마리
다시 한 마리 나비로
허공을 헤집고 떠난 사이
노랗게 물드는 꽃과 바람 사이
봄날은 한껏 무게를 잡고
그 위에
다시 나비 한 마리 잡아 앉힌다

소광리

폭설 내리는 날은
금강소나무 바늘침으로
내 몸의 허술한 생각까지
콕콕 찔러도 좋으리라

눈발에 머리 적시며 소광리, 소광리로
불영계곡에 마음 적시며
언 강물 깨치듯 바람 흐르듯 간다

다시 머리 숙이지 않으리라
다시 허리 굽히지 않으리라

전속력으로 달려가는
마음, 눈꽃이 핀다

고요의 그늘 · 2

승냥이 울음 멀게 들리는
눈 내리는 밤이다

아궁이에 군불 지피고
아랫목에 누워
도무지 잠들지 못하는
눈 내리는 밤이다

다시, 승냥이 울음소리
오금까지 오그라뜨리는

뒷산 소나무 숲에서
꼿꼿한 가지
툭툭, 꺾이는 소리

고요의 그늘 · 3

숲을 버리고
더 먼 곳으로 떠나는 새들
울음소리 들린다

종일 먹을 것을 찾아 헤매다가
눈더미에 갇혀
아무것도 찾지 못해 굶주렸던

도무지 분간할 수 없이
쏟아붓는 눈발 속
새들이 버린 울음이 가라앉고 있다

털퍼덕, 눈덩이가
가지마다 얹히는 밤

오목눈이 울타리

쥐똥나무 울타리 연둣빛 그늘에 들어
씨 씨, 찍찍 울던 붉은머리오목눈이가
그 특유의 낮은 비행으로 촘촘한 가지와
연둣빛 그늘 사이를 헤집고 있다
어디서 물고 왔는지 마른 풀로 집을 짓는다

아무도 눈여겨보지 않는데도 오목눈이 긴 꼬리가
깜빡거리며 경계심을 늦추지 않는다
아무도 손 닿지 않는 가지가 환해지면서
또 다른 아파트에서는 덩굴장미 몇 줄기가
허공을 오르며 쥐똥나무 울타리를 넘보고 있다

다가서는 나를 경계하는지 훌쩍, 날아오르더니
흔적 없이 아파트 출입문 밖으로 사라져버린다
흔들리던 쥐똥나무 울타리가 파동을 멈추고
연둣빛 물결 속으로 나를 끌어들이고 있다

그 손

약손이다
배 아플 때마다
어루만져 안 아프게 하던
만능 손이다
오뉴월 땡볕 밭고랑에 올라
감자를 캐내던 주름진 손이다
찰옥수수 쪄내던 뜨거운 손이다
폭설의 겨울 꽝꽝 언 개울물 깨고
식수를 길어오던 차가운 손이다
군인 간 아버지 대신
겨울 땔감 나무를 하던 부르튼 손이다
봉숭아꽃물 한번 들인 적 없는
그런, 이 지상에 없는
다시는 기약할 수 없는
가장 따뜻한 손이다
가장 거룩한 손이다
마음으로만 만나는
그 손

고요한 저녁

봉숭아꽃물 드는 저녁
지난 시간은 바람의 속도로 흘러가서
빨갛게 고추가 익고 있다
택배로 보낼 물량을 마치고 나면
어깨며 팔다리가 쑤시고 저리다
뼈마디에 바람이 든 탓이다
아침저녁 서늘한 바람결에도
집 떠난 자식 소식 날아들지 않는다
마른 옥수숫대 위로 잠자리가 날고 있다
익모초 쓴 잎도 누렇게 말라간다
태풍이 몇 번 비닐하우스를 훑고 지나가자
어머니는 잎 넓은 오동나무 굵은 가지마다
아들딸 하나씩 별처럼 매달기 시작했다
이제 달빛은 툇마루를 적실 것이고
기다림은 달빛으로 올라가 가득 찰 것이다
지금은 다만, 봉숭아꽃물 드는 저녁

침엽의 말

눈이 내린다
흰 갈퀴의 말들이 일어선다
직립의 아득한 높이에서 칼날이 번뜩인다
혼돈의 날들이 사라진다
내 안에서 은빛 영롱한 아침이 일어선다
어둠 속에서 막 깨어난 듯한
둥근 알들이 분주히 부화하는 짙푸른 숲
날카롭지만 부드러운 유역에서
약삭빠른 것들이 재빠르게 줄행랑을 놓는다
마냥 허리 조아리던 불의에 눈먼 것들이
황망히 사라지는 이 아침 하얀 숲,
둘러보면 사방에서 다가드는 말발굽 소리
오래 잊고 살았던 햇살이 다가온다
어제의 어둠이 눈덩이로 바람 불고
하늘 끝으로 흰 말들이 달려가고 있다
말갛게 얼굴 씻는 가지 끝에서
다투어 푸른 갈기의 흰 말들이 일어선다

도대체, 그림자들이란

마른 바람으로 저녁이 흔들린다
하늘 흐르다가 곤두박이는 허공의 새들
젖은 날개의 사람들이 골목으로 들어선다
어둡고도 처연한, 도무지 선명하지 않은
그림자들이 돌아오는 담벼락은 뒤숭숭하다

흩어지는 꽃잎들, 대문간은 어둠으로 가득 찬다
펄펄 날리는 전신주의 전단지들
흐느적거리는 발걸음들이 현관 앞에 쓰러진다
아침에 본 그 얼굴이 아니다, 잔주름이다
외등 언저리는 적막이 똬리를 틀었다

밤이면 가슴에 품은 꽃들이 소멸하고
다시 아침이면 이슬에 젖는 골목
사랑한다는 말조차 거품으로 떠돌아야 한다
그리워하는 일조차 호사임을 깨달아야 한다
그래서 나는 그리워하지 않기로 했다

저녁이 되면 그림자로 돌아오는 골목
보아라, 벽에 비치는 너의 얼굴을
선명하게 관통당하는 시간의 잔해를
떠돌다 죽은 바람이 골목에 즐비하다

처녀출항

삼각파도가 갑판을 휩쓸고 갑니다
무쇠 용골이 물보라에 뒤덮이고
휘청, 우현과 좌현이 기우뚱거립니다
포세이돈의 삼지창은 어디 있나요
저 해일을 쩡쩡 가를 수 있을까요
벌써 한 달포쯤 달려온 바다는
흔들리는 하늘과 수평선뿐입니다
질긴 어둠과 견딜 수 없는 멀미뿐입니다
아직 어머니에게는 말하지 못했습니다
545톤 트롤원양어선을 타고
내가 꿈꾸는 어장은 어디 있을까요
나뭇잎같이 흔들리는 나의 항해
나의 출항은 아직 빨강색입니다
수박만한 돌덩이가 머릿속을 굴러다니고
먹고 토하고 다시 먹어야만 하는
오장육부까지 비워내야 하는 나의 멀미
바다 출렁임과 한 몸이 되기 위해
오늘도 생선비늘 퍼런 갑판에 섭니다

엔진의 가속레버를 더욱 당기며
GPS의 길을 따라 어탐을 켜듭니다
저 고요한 수평선 너머, 밤하늘엔
내가 찾는 별들이
오늘도 물고기 비늘로 반짝거립니다

호흡과 가을

아이들 소리 왁자한 가을 놀이터에서
한참을 멈추어 섰다가 걸음을 옮기는 당신입니다

호주머니에서 꺼낸 흡입기를 두어 번 들이마시다가
가까스로 두어 발짝 내어 딛는 오늘
하늘에는 나뭇잎 걸려서 노랗게 보이는 가을입니다

옥돔 구이집으로 가는 길은 더딘 걸음에 더욱 멀고
떨어진 나뭇잎 하나가 당신 발걸음에 깔려서 바람으로 남는

아이들 웃음소리 가볍게 허공을 오르는 길 밖의 길에서
귀밑까지 푹 눌러쓴 모자가 바람에 펄럭이는 가을입니다

찬물 수행修行

지난여름 태풍에 깎인 바위들이
둥글게 배를 맞대고 계곡 찬물에 누워있다
송곳처럼 모가 나서
맨발로는 도저히 걸어 다니지도 못했던
그런 것들이 서로 등을 기댄 채 누워있다

지난 홍수에 몸을 뒤엎은 바위들이
더 둥글게 사는 법을 터득하느라
바람과 얼음같이 차가운 물에 귀를 묻고
금강소나무 침엽의 말씀에 몸을 적시고 있다

귀를 열어도 잘 들리지 않던
귀를 닫아도 너무 잘 들리던 참 모진 날들
찬물 바닥에서 뒹굴면 모가 깎일까
바람 소리에 귀를 열면 대낮처럼 환해질까

칠불암 가는 길

칠불암으로 가는 길은 빙벽입니다
발목 푹푹 빠지는, 천 길 눈밭으로 이어져 있습니다
또 몇 굽이 돌아들면 가파른 절벽입니다
본존불 찾아가는 벼랑 끝에서 펑펑 내리는 눈발을 보고 있습니다
싸리나무 가지는 지워지고 참나무 부러지는 소리만 아득합니다
바람 많은 세상을 지나온 바람은 마지막 남은
남루한 몸을 씻으려고 절벽 끝으로 황망히 달려갑니다
나도 아득히 저무는 날들을 붙잡으며 더듬더듬 올라갑니다
눈밭에 머리 내민 억새풀들이 서걱서걱 마음을 붙듭니다
이젠 그리움조차 너무 멀리 있습니다
텅텅 비우는 마음으로 나뭇가지 모질게 후려잡습니다
문득, 내가 배신한 세월들이 눈보라에 쓸려가고
아무도 밟지 않은 눈길도 혹한의 바람도 낯설지 않습니다
오직 마애불 만나러 가는 길
포석정지, 천관사지, 신선암, 마애보살반가상
귀에 얼얼한 이름조차 이젠 친근하게 다가옵니다
한 열흘 폭설이 내려, 칠불암 가는 길이 지워진다 해도
단 하루도 기다릴 수 없는 질긴 언약이 내겐 남아있습니다

펑펑 쏟아지는 폭설 속에서도

연둣빛 봄날이 환한 등불 켜 들고 오고 있으니까요

황금 분만

잘 여문 가지들이 바닥으로 휘어진다
밭고랑을 타고 온 바람은 단내를 풍기고
과수원 사내는 견고한 집 한 채를 짓는다

실한 자식 하나를 위하여
눈에 넣어도 아프지 않을 자식들을
하나하나 솎아내던 눈물 많던 날들도 가고
저 환하고 둥근 가지 끝을 보면
황금빛 알몸들이 가득가득 누워있다

단내를 풍기는 속살이 물컹, 만져진다
오랜 가뭄과 폭풍우를 건너온
불편한 산통의 갈비뼈가 만져진다
주름투성이 기억들이 낱낱이 드러나는,

이 모든 것들을 강물로 떠나보낼 때,
가지 끝은 착착 감기는 풍성한 분만
복숭아를 따는 사내의 손안에
뚝뚝 황금빛 과즙이 흘러내리고 있다

오늘

지금
나에게 중요한 건 오늘이다

몸의 나사가 풀려 삐걱거리고
근육 마디마디 조금씩 졸아드는 오늘
즐겁게 사는 게 중요하다

보고 싶은 것 맘껏 보고
먹고 싶은 것 맘껏 먹고
하고 싶은 것 맘껏 할 수 있다면

내일보다
오늘이 중요하다

부디, 아프지 마라*

* 나태주의 시에서 인용

제 **2** 부

마스크의 계절

수평선에 누워

어디쯤 그물을 내려야 할까,
이 바다가 아무리 깊고 깊은
심해라 해도
더러는 등 짓무르고 납작해져도
두 눈이 짜부라지고 앞다리가 꺾여도
마침내 뱃전까지 끌어올릴
양망기가 없을지라도
손바닥에 피가 맺힐지라도
그래도 그물 가득 매달리는
만선의 대게로 귀항할 수 있다면,

바다의 얼굴

바다는,
이 세상 모든 물을 가리지 않고 받아들이지
그래서 너와 나는 하나가 되지

오염된 것이든 냄새나는 것이든 죄다 받아들이지
그런데도 고유한 색깔과 맛을 잃지 않지
그게 바다니까

폭풍우가 몰아쳐도 몇 날 며칠 비가 와도
그 모든 것 다 받아들이지, 그런데도 수위는 변하지 않아

다 받아들여도 잔잔하고 고요하기만 한 바다,
소금기 많은 곳인데도 뭇 생명은 평화롭게 살지
그만큼 바다는, 크고 넓은 가슴을 가졌기 때문이야

스스로 낮은 곳에 있어야 모든 걸 받아들일 수 있는,
낮은 자세로 바라보아야 우주처럼 넓어질 수 있는,
그래 우리 사는 곳은 하늘이 아니라 가장 낮은 바다지

백색 계엄령
— 마스크 · 1

흰 복면의 무리가 온다
아득히 그림자들이 함부로 몰려든다
불안한 대낮이 일어서고
내 안을 달구며 흐느끼는 울음소리
주검을 가슴에 품은 그림자들 속에서
아직 몸 눕히지 못하는 사람들이 사라지고
바람처럼 일어서는 불운들
어제보다 붉은 울음이 가라앉고 있다
사방에서 눈 붉힌 겨울이 다가들고 있다
푸른 잎들이 문을 닫고
축축한 밤이 끈질기게 일어서고 있다
어둠보다 더 깊은 불안 속에서
발이 잘린 복면의 무리 속으로
백색 계엄령이 차갑게 내리고 있다

홀씨가 되어

―마스크·2

목련 지고 왕벚꽃 진 다음
쥐똥나무 울타리 연둣빛 왁자하게 뒤덮었어도
여행 떠나서는 안 된다는 소식을
티브이가 경고하네

아파트 밖 허공으로 유영하는
민들레 홀씨들
지난가을 숨진 친구의 말씀처럼 엿듣다가
옥계바다 백사장에 떠밀려온 조가비로 만져보다가

화들짝,
문을 열고야 마는 어두운 대낮

노을과 함께

― 마스크 · 3

보랏빛 찰랑대는 그늘에 앉아보네

바람은 구름 한 점 몰고 와
더욱 고요해지는 오후
누군가를 기다리는 등꽃이 시들고 있네

보랏빛이 보랏빛을 먹고 먹는, 고요한
벤치 아래, 지난가을의 말씀들 가라앉고
보랏빛 벤치만 누군가를 기다리는
그 그늘에 마스크를 쓴 사내가 앉아있네

머리 위로 뚝뚝 떨어지는 보랏빛 향기가
황망히 노을 속으로 가라앉을 때까지

저 보랏빛 꽃그늘 아래
— 마스크 · 4

보랏빛 등꽃만 보이고
축축 늘어진 보랏빛 무늬들
아무도 없다
어제오늘의 문제는 들리지도 않는다

스스로 바람에 취해
마지막 남은 늦봄을 축내겠다는
한껏 머리칼을 날리고 있다
벤치 아래로
등꽃 그림자만 내려와 그림자로 쌓일 뿐
아무도 없다

노인들 하나 없이
간혹, 마스크를 쓴 행인들만
몇 모금 담배 연기를 날리다 갈 뿐
오늘의 문제는 풀리지도 않는다

저녁이 되도록 텅텅 비어있는 벤치

그 위로

보랏빛 그늘만 축축 깊어져 있다

또 하나의 사건

― 마스크 · 5

절친 하나가
하늘나라에 들었다

그들 가족과도
두절되었다, 갑자기

참, 무섭다

마지막이라는 말
— 마스크 · 6

오리나무숲을 걸어갑니다
저녁까지 머물며 서성거립니다

마지막 참매미를 만날 참입니다
마지막이라는 생각이 마음을 붙듭니다

이제 매미는 나무 둥치나
이파리 뒤에 숨어서
마지막으로 목을 놓겠지요

아득히, 오리나무 둥치에
벗어놓고 갈 허물, 껍질들…

최후라는 말
흠뻑 취하고 싶습니다

이 밤,
한 잔 어떠신가요?

죽변항 초상

이곳 사람들,
가슴에 배 한 척 띄우고 산다
젖은 어제를 말리는 해가 뜨면
괭이갈매기는 만선의 돛대 끝에서 펄럭이고
금박의 햇살 한 줌 물고 수평선으로
달려 나가는 사람들,
파랑새 날갯짓보다 가볍고 경쾌하다
페넬로페의 그물을 던지며 살아가는 하루하루
저녁이면 해진 무릎을 꿇고
거친 해일 속에서도 작은 등불 몇 개 내건다
저들, 정박할 부두는 어디인가
빛의 음계 따라 생의 질긴 밧줄을 풀며
떠나는 사람들,
뱃고동 소리가 반 박자 느리게 울려올 때면
날마다 새로 쓰는 내력을 바닷물에 헹구며
햇살과 잔물결의 하루를 맛깔나게 버무린다
저 깊이를 알 수 없는 바다를 저울질하며
멀고 재빠르게,

물떼새의 휘어진 등처럼
이곳 사람들,
가슴에 눈물 한 척 띄우고 산다

가진항에서

소금기 절은 포구 광장에 퍼질러 앉아
아낙들이 바지런히 양미리 그물을 털고 있다

그물코마다 주둥이가 꿰인 양미리를
후려치듯 흔들었다가 다시 손으로 빼낼 때마다
야트막이 바람을 타고 사방으로 흩어지는 비늘들

잡히는 것은 양미리 같은 잡고기뿐인 계절
퀴퀴한 손끝으로 조절 불가능한 추위가 엉겨 붙는다
감기몸살로 쿨럭거리면서도 아낙들 끝내 손을 놓지 않는다

아낙들, 그래도 이런 만선은 드문 일이라
양미리의 배는 노랗고 찰진 알이 가득해 절로 배부른지라
저마다 헛헛, 혹혹 내뱉는 아낙들 입김 훈훈하다

연탄불에 통째로 올려놓고 구수한 맛으로
소주 몇 잔도 나눠 마시는 춥지만 넉넉한 품앗이
가난하나 아무 일 없었던 것처럼 아낙들 눈물 감추고 산다

양미리 그물을 터는 아낙들 앞에
만선의 깃발 펄럭이며 또 다른 배가 들어오고 있다

사내의 바다 · 1

식구들 깰까,
새벽녘 살금살금 집을 나서는 사내
삼십 년 함께 한 아내가 이를 모를 리 없지만
잘 다녀오시라는 말 대신 끙, 하고 돌아눕는다

벌써 삼십 년, 아무 일도 없다
처음부터 그랬던 것처럼 남편 베개를 꼭 끌어안고 입을 맞춘다
건넛방 세 들었던 달수 아제
—새벽같이 일 나가는 남자는 혼자 나가는 것이 더 좋심더,
그 말 들은 후부터 아내는 남편을 놓아버렸다

불안으로부터
이별로부터
외로움으로부터
포락지의 삶으로부터

사내는, 2월 칼바람 안고 문을 나선다
현관 불빛이 사내의 발등을 오래 비추고 있다

사내의 바다 · 2

바람이 물보라를 몰고 오듯
달빛이 가슴 깊은 곳을 흔들고 간다

양푼같이 뜨는 달
반짝반짝 은비늘로 뒤덮이는 바다

바다를 키운 것은 물고기 비늘
가마우지 울음소리 자욱한 수평선 너머
바람의 물비린내 정수리에 묻어오는,

잡힐 듯 잡히지 않는
그물코 찢어질 듯 갑판으로 쏟아지는
등 푸른 고등어의 울음소리가 있다

하늘은 수평선을 낳고
수평선은 하늘을 떠받들고 있어
사내는 언제나 바다와 한 몸이다

풍랑 없는 조업은 어디에도 없다
둥근달이
수평선에 그리운 얼굴처럼 떠 있을 뿐,

허공의 시간

수리공 하나 허공에 매달려 있다
승강기 뜯어낸 자리마다 차오르는 어둠
가느다란 외줄은 오직 그의 생명선
호흡과 맥박이 줄 하나에 매달려 있다

전선을 연결할 때마다 출렁거리는
허공, 사내의 가족사도 출렁거린다
잘 갔다 오라는 배웅조차 없이
승강기 받침대를 꾹꾹 박는 사내

오직 믿는 것은 실낱같은 외줄뿐
캄캄한 절벽을 오르내리는
상승과 하강의 기계음 속으로
삶의 무게가 고스란히 매달려 있다

가장 높은 바다

육지보다 낮은 곳이 바다라지만 나에겐 가장 높은 곳에 있네
거칠게 파도치는 곳으로 올라가는 내 모든 항해의 높은 곳에
바다가 있네

발돋움으로 높인 몸이 꾸역꾸역 몰려드는 비린내를 씻어내지
못하고
떠나면 몰아치는 거친 물보라에 흔들리는 몸을 가늠하지 못
하고
적조로 죽어간 모든 고기까지 퍼담아 통곡하던 바다가
철썩철썩 뒤척여 깨끗한 미역 다시마로 되돌아 살아나는 그
때까지
바다는 푸른 속살 뒤집어 태우면서
보석보다 더 값진 소금 덩어리로 죽은 바다를 다시 말리고 있네

이 포구 가장, 가장 높은 곳에 바다가 있네
내 눈보다 높이 퍼덕이는 바다를 오늘도 나는 경건하게 밟아
가고 있네

바다의 손

바다에도 손이 있다는 것을 알려준 것은 바다였습니다
바다에도 가슴이 있다는 것을 알려준 것도 바다였습니다

바다에서 오지도 가지도 못할 때
끝까지 말도 안 되는 이야기를 들어준 것은 고마운 일이었지요
바람 해안에 모래를 적당히 버무려
푸른 시간이 머문 조가비와 줄무늬 고둥의 성근 집을 고명으
로 얹어
내 부르튼 발을 덮어준 것은 정말이지 고마운 일이었습니다

바다 한가운데 이르러서야 바다의 큰 손을 보았습니다
폭풍우 앞에서 절망의 무게가 얼마나 형편없는 것인가 알았
습니다

제 몸보다 더 큰 가슴에다 몇 번이고 절망의 이력서를
고쳐 쓰는 것을 참을성 있게 기다려주었습니다

그게 바다의 손이었다는 것을 그때는 알지 못했습니다

대게를 꿈꾸는 밤

출항 때마다 대게야 하고 외쳐보지만
바다는 그때마다 잇몸 사이로 빠져나가
바닥에 내린 대게 그물엔 물거품만 올라오고
입안엔 마른 모래알만 씹히고

대게야, 대게야 다시 소리 높여 외치면
바다는 정말 대게를 찾아 그물 내리는
내 구릿빛 팔뚝에서 아침 해로 빛나고
바람은 다시 돛대 끝에서 만선의 깃발로 펄럭거리고

내가 대게야, 대게야 하고
목이 터져라, 나를 함몰시키면 바다는 정말
저 내용 모를 밑바닥까지 그물을 내려
쟁이질 아픈 순간마다
그물 가득 대게를 끌어 올리고

제 **3** 부

내 살던 고향은

괜찮은 날

창틀에 빗방울이 모여든다
머뭇머뭇 새들이 처마 밑으로 모여든다
자꾸 마음이 붙들린다

한 잔의 식은 커피도
팔랑거리며 떨어지는 은행잎도
나뭇가지에 걸린 새털구름도
마음 밖에서 사뭇 여유롭다

아침부터 우짖던 산비둘기도
숲으로 돌아간 지 오래
이젠 마른 창틀에 빗물이 고인다

종일 비가 온대도
오늘은 괜찮은 날이다

명태를 보며

통통한 뱃속에는 참깨 같은 알들
뱃가죽 짓무르도록 훑어낸다

선홍색 알들을 보니,
그녀의 마지막이 선명하다
눈 감고도 처연하다

매끈한 몸 주고
콜라겐 많은 껍질 주고
마지막 자식까지 내어주는,
어느 것 하나 버릴 것 없이
전부를 보시하는 기구한 어머니

눈먼 것들 키운다고
먹여주고 입혀주고
제 육신 하나 건사하지 못하다가
내장마저 내주고
최후로 자식까지 빼앗겨서

아 아, 정신조차 끝장낸 어머니

투명한 유리병에 담겨
이 봄날
좌판에서 기웃거리는 것을

너라는 태풍

한밤중,
나무가 바람에 머릴 낮추고
어둠까지 흔들리고 있다

엊그제 이사를 마친 딱따구리도
축대를 쌓고 있는 말벌도
고개를 내밀기 시작한 상사화도
한창 물오른 무궁화 향기도
산꼭대기 머무는 먹구름도
붉은가슴염낭거미가 걱정이다

서너 잔 비워내고
다시 든 술잔에 바람이 찬다

혹여, 바람에 취해 쓰러진다고 해도
나는 다시 일어서겠다
쓰린 속 달래고 거울을 바라보겠다

바람이 창을 흔들지만
너라는 태풍을 만나지 못해
잠 못 드는 중이다

한로寒露 근처

그대 숨결이 회복될 수 없음을 최후가
가까웠음을 한 인편이 알려왔네

부르르 떨리는 가슴 쿵쿵 방망이질 치네
창밖의 황갈색 낙엽을 따라 쿵쾅거리다가
마른 종이비행기로 팔랑거려보네

보도블록에 누워보다가 아득히 저물어보다가
캄캄한 바람의 물안개로 곤두박질쳐보다가
황망한 날갯짓으로 하늘 올라가 보네

불쑥, 한 죽음을 기별한 사람에게
한참, 멀뚱히 불화살만 날려 보내네

현몽現夢

시간 있냐고, 점심 할 수 있냐고…

책을 부치다 말고 집어 든 휴대전화에 메시지가 뜬 지 596일째 되는 초여름입니다.

마지막 단편집 『단둥역』을 낸 사내가 지하에 누운 가파른 산길은 비탈길이지만 그래도 초록으로 환하고 씨 씨, 찌찌 오리나무 숲 와자하게 둥지를 튼 붉은머리오목눈이의 꽁지가 유난히 길어 보이는 숲길입니다

무덤으로 올라가는 산비탈은 모래알 구르는 소리 정겹고, 하마터면 발길 미끄러져 발목 삘 듯한 데 여자도 딸도 사위도 손자도 아무 때나 찾아오지 않는 먼 길, 뒤늦은 천국 찾아 나선 사내를 이제는 볼 수 있으려나

지난봄 다 가도록 통 소식이 없던 사내가 문득 나타나 초록 산기슭으로 나를 끌고 가는 초여름 깊은 밤입니다

열매의 무게

무르익으면 떨어진다는 것이 너에겐
만유인력의 법칙이라지만 그것보다는
엄밀히 말해서 너의 무게를 비워야 한다는 것
열병으로 가득 차 꽃피웠던 시절
이만큼의 거리에서 보면 죄다 하찮다는 것

너를 익히려고 벌 나비 드나들고
먹구름 속에서 천둥 번개는 소리 울고
바람은 뼛속까지 들어찼던 것
그 내밀함으로 고통스러웠던 날들이
이제 비로소 텅텅 속을 비우는 것을 본다

지금은, 무게가 무게를 버리는
가장 어려운 낙법을 해야 할 때,
더러는 태풍과 폭우에 너를 맡겨보지만
그보다는 스스로 바람에 떨어져 보는 일

스스로 꼭지를 도려내고

가장 낮은 곳으로 내려앉는 일
나에게도 그런 날들이 많았으면 한다

홀로 견디는 저녁

매화나무 한 그루 임종을 앞두고 있다
무당거미만 떼거리로 몰려드는 안마당
환삼덩굴이 매화나무를 친친 감고 있다
정수리를 덮은 햇살까지 느긋이 잡아먹는다

손바닥 하늘을 빼앗긴 나무는
지금, 저체온증을 앓고 있다
곪아 터진 종아리는 검버섯이 가득하고
해마다 어깨가 조금씩 잘라 먹히더니
이젠 반쪽만 남았다
정수리를 덮는 환삼덩굴 그늘에 갇혀
그가 바라보는 하늘은 찢긴 하늘이다

간혹, 햇살이 비집고 들어도
일어설 수 있는 좁디좁은 그물망 통로
젖 먹던 힘으로 창살을 비집고 고개를 내밀지만
온전히 바라볼 수 없는 햇살과 별빛들
그때, 그의 손끝에서는 바람이 인다

견고한 사슬에 더욱 목이 휘감기는 여름
폭염에 헛구역질만 한다, 퉁퉁 부어오른 목
덩굴 사이로 겨우 비집고 드는 저녁노을
팔을 뻗어 잡아당기는 하늘 한 자락
밀고 당기는 시간, 홀로 견디는 저녁이다

서랍 속으로

사진, 여권, 명함…
손때 묻은 것들 질펀하다

습작기의 시들이
겹겹으로 발효되고 있다

이름이 닳거나
헤진 편지들이 어뭉하다

어디서 모셔온 꽃씨들
다복하다

마지막 서랍엔
봉하지 않은 오색봉투 하나
천 마리 학이었던,

오오, 한때 별이었던 나여

겨울 동화

버려둔 고향 집에서 쏟아지는 눈을 맞는다, 펑펑
눈향나무 잔가지가 무게를 견디지 못하고 바닥까지 휘어진다
마을과 마을을 이어주던 징검다리도 지워졌다
가마솥에 눈을 녹여 식수를 만드는 하루, 절해고도다
추녀 끝을 넘나드는 눈발은 하나 그립지 않다
가라앉은 하늘과 안팎을 휩쓰는 바람의 꼬리는 확고하다

산딸나무도 썩은 싸리나무 썩은 울타리도 대설경보에 묻히고
장독대도 허술한 추녀도 희뿌옇게 무너져 내리고 있다
눈에 보이는 것들이 죄다 흰 물살에 갇힌다
제 무게를 견디지 못한 생각들이 나뭇가지에서 휘어지는 저녁
그리움 하나 철퍼덕, 추녀 끝에서 떨어진다
소나무 곧은 정수리가 조금씩 주저앉다가 허리를 꺾는다

내 삶도 가끔은 허리가 꺾였으리라
울음이 있었고 때론 푸른 하늘이 펄럭이고 있었다
얻고 잃는 것은 언제나 무게가 같은 법
우지끈, 다시 침엽수들이 허리를 꺾는 소리
일순 처마 밑이 밝아오고 눈물 흥건하다

내 살던 고향은 · 1

봉숭아가 붉은 꼬투리를 터트리고 있다
간밤의 비로 바랭이가 한창인 담장 밑, 벌써 가을이 넘보고 있다
장독대의 사금파리도 반짝거리며 일어선다
동구 밖 느티나무도 여전히 눈에 잡힐 듯 가깝다
멀고 가까운 산에서 비둘기 울음은 목을 늘이고 있고
달라진 것은 아무것도 없다
어머니 텃밭엔 인진쑥과 엉겅퀴 칡넝쿨이 엉켜있고
그때 그 사람 다시 돌아올까 종일 몸을 흔드는
바람만 낯설 뿐

아무도 없다, 오목눈이도 삽살이도 없다
어머니 부푼 노동처럼 만수위를 이루었던 우물도
침엽수림 허리 부러지는 소리로 깨어나던 폭설의 그 겨울도
이팝나무 흐드러진 꽃으로 몽글몽글 피어나던 봄도
옥수수 정수리 위로 고추잠자리 고공비행을 하던 늦여름도
그림 속으로 들어갔다

밥 짓는 연기를 뱉어낸 지 오랜 지붕 낮은 집

무너진 대문과 썩어가는 싸리나무울타리 사이
주민등록을 몰래 옮긴 이름 모를 벌레들만 살판난,
빗물 어룽진 툇마루에 물결무늬로 낡아가는 시간들
봉숭아 꽃잎에 내리는 별빛에도
제 존재를 빚고 있다
떠날 수 없는 것들만 모여 형형색색 그때를 빚고 있다

내 살던 고향은 · 2

오래 묵혀놓았던 밭을 갈아엎는다
황기, 고추모를 심고
그 위에 햇빛까지 넉넉히 널어놓는다
오래 소망하던 일이었으므로
해가 기울었는데 하루는 쉬 저물지 않는다

해바라기로 울타리 호위병을 세우고
담장 줄줄이 늘어선 봉숭아엔 달빛도 잘게 새겨넣었다
벌 나비가 찾아오면 친절한 이웃이 되어줄 것이므로
그 옆에 조그맣게 나뭇잎 의자를 놓아두는 것도 잊지 않았다

어머니 손금 닮은 툇마루를 쓸어내면
혹 모를 일이다, 내 잊고 있었던 시간이 싹을 틔울지도
그 위에 엉덩이를 걸치면
잊힌 길들이 다시 일어서
이제는 만날 수 없는 얼굴들을 불러올지도

밤이면 무너진 길들을 조심스레 다독이는

별빛들, 그때의 거미줄이 바람으로 살아나면
내 몸속 미궁, 아리아드네의 실을 놓치지 않고
무사히 안착시킬 수 있을까
단 한 번도 고향을 떠난 적 없다고 외쳐보지만
목 쉰 함성은 밭두렁에 퇴비처럼 쌓인다

거기, 가만 내 하루를 놓아본다

무궁화 울타리

어머니 오래 사셨던 옛집 둘레로
수십 그루 무궁화가 울타리를 치고 산다
마치 떠나지 못하는 텃새처럼, 둥글게

아침저녁 쌀 씻어 앉히던 가마솥은 녹슬고
황갈색 낙엽을 깔고 앉은 우물은 바닥을 드러냈지만
나일론 빨랫줄로 바람을 친친 묶던 앞마당
여뀌며 엉겅퀴가 익모초 키만큼 웃자라있다

어머니가 심은 앵두나무는 진작 말라 죽고
연지곤지 곱게 봉숭아 꽃물들이던 날로 사라진,
생쥐와 도둑고양이도 멀리멀리 이주해버린
무당거미와 바람만 이주해와 살판이 난 집

떠난 가족들 돌아올 수 있을까,

모든 것이 무너진 옛집에서
일편단심으로 둥글게 꽃을 피우고 있다

아침마다 붕붕, 나팔을 불어 올리며
울타리 가득 연분홍 꽃등을 매달고 섰다

죽어서도,
이 집을 떠날 수 없다는 듯이

그리운 밥상

옛집 부엌에 밥상 하나 둥글게 걸려있네
어쩌다 상판의 옹이가 빠져나갔어도
옻칠 벗겨진 테두리는 어머니 쪼그라든 젖무덤 같네

두런거리던 삶이 덕지덕지 달라붙은 밥상
봉숭아꽃물 들던 저녁이 초승달로 붉게 타오르던
찰옥수수와 분이 도는 감자 정갈히 차려진
식솔들의 가난한 여름이 알록달록 새겨져 있네

어머니는 입맛 도는 소식만 밑반찬으로 내어놓으셨네
봉긋한 밥사발과 국그릇이 비워지면
올해 농사도 대풍이라고 환하게 웃으시던,
간혹 도시로 유학 보낸 자식들 걱정에
담장 밑 해바라기도 목을 한 뼘 더 늘였었네

잘 삼긴 감자 고구마가 알맞게 식어가고
분에 넘친 과식으로 화장실을 넘나들었지만
내일은 남새밭 김매야 한다고 말씀 남기시면

짧은 여름밤은 대청에서 저물어갔네

오늘은 먼지 누렇게 뒤집어쓴 밥상 하나
어쩌다 상판의 옹이가 빠져나갔어도
옛집 부엌에 보름달로 환하게 걸려서 있네

복령

그 사내가 쓰러진 것은 불혹의 나이였다
아무도 그의 주검을 알아채지 못하고
팔부능선 마른 솔잎만 봉분으로 남아주었다

몇 개의 겨울이 지나고
그를 지탱해주던 허리의 중심도 무너지고
모든 것이 한 줌 흙으로 되돌아갔다

팔부능선은 그를 기억하지 못하고
마침내 뿌리 끝으로 흘러내린 울혈鬱血,
발끝에다 길고 울퉁불퉁한 혹을 매달았다

죽어서도 뿌리에 기생하는 질긴 목숨 같은
살아서 뿜어내지 못한 울음이 가득 고인,
이뇨덩어리를 사람들은 복령*茯笭이라 부른다

오늘, 산지기 사내가
쇠꼬챙이로 바닥을 찌르며 무덤을 찾는다

산에 드는 날, 열에 아홉은 경건해야 한다

* 복령 : 죽은 소나무 뿌리의 기운이 흘러넘쳐 응고된 혹, 균류.

두릅

몸의 중심이 흔들리는 산비탈
발 디디면 금세 와르르 무너질 듯한
돌밭에 뿌리를 내리고 있었다
코로나 없이 그해의 새순이 돋고 있었다

허공이 연둣빛 물결로 찰랑거린다
유난히 햇살에 반짝거려서
하마터면 천길 벼랑길, 낭떠러지
시선을 빼앗겨 미끄러질 뻔했다

가까스로 중심을 잡고
두릅나무 허리를 자르려는데
누군가 황망히 나를 불러세운다

저리,
가시가 아픈 건
함부로 하지 말라는 거다

혀에 대하여

그대 흉금을 알 수 없는 곳에
활화산 용암 같은 혀가 있을 것이네
그 어떤 눈보라에도 침묵하는,

펄펄 끓는 말을 머금은 뜨거운 혀여
묵묵히 참고 있는, 수만 가지 눈물을 머금은,
붉은 뱀처럼 부드럽고 긴 흡인력을 가진,

나는 저들 속으로 들어가 눕고 싶네
따뜻한 예감 속에 갇힌 침묵하는 저 혀들
오늘처럼 고마울 수가 없네

내 흉금을 알 수 없는 곳에 웅크린,
활화산 혀들이 용암을 뿜어내고 있네

제 **4** 부

그늘의 깊이

벌판에서

이른 저녁, 눈 그친 벌판에 선다

신라 천년 '웃는 기와' 같은
아무도 밟지 않은 눈밭에 발자국을 찍는다

사방에서 눈을 찌를 듯
다가서는 은빛 물결, 물결들……

신라 화랑의 말발굽 소리와
수막새처럼 그려지는 내 발자국 꽃잎들…

아무도 내딛지 않은, 그러나
찍어둔 내 발자국 지워지고 없다

그늘의 깊이

널빤지 아래, 좁쌀은 늘 화근이다

펑펑 눈 오시는 날
어디 앉을 곳 없어 마당으로 날아드는 참새여

요령도 없이 당기는 굄대에 걸리는
그대 날렵한 몸도 지극히 찰나다

빠져나가려 해도 금세 납작해지는 몸
널빤지는 감옥같이 자꾸 옥죄어드는데

아파라, 좁쌀 유혹이여
그걸 참지 못한 화근이여

모든 획득은 오래 기다려야 얻어지는 법

종횡무진 내리는 눈발만 내 차지다

죽은 연어의 말

배 까뒤집고 죽는다 해도
무엇이 문제일까?

내장 줄줄 흘러도
두 눈알 툭툭 불거져도
다시 먼 바다로 나가 돌아올 수 없을지라도

지느러미 찢기고 살갗이 찢겨도
무엇이 문제일까?

잊을 수 없는 이 물맛
이 자갈의 기억
너희에게 고스란히 전해질 수만 있다면

눈 내린 아침

연이틀 폭설이 내린 후
나무들은 굳게 문을 닫아걸었다

문 없는 곳에서 문을 찾는 일
지워진 시간의 앞뒤에서 마음까지 비운다

어느 세상 끝자락인가, 침엽수들이
눈 무게를 털어내느라 다투어 몸을 비우고 있다

내 몸은 얼마나 지방 덩어리여서
이리 둔하고 갑갑한가?
도무지 길이 지워져서 보이지도 않는다

쌓인 눈에 닿아 칼이 되는 햇살들
은빛 파닥이는 물고기, 흰 물살로 퉁겨오른다
마침내 나 또한 칼이 되어 번뜩일 때

내가 찾는 길 하나,

가시밭길 달려온 몸이
이 아침 징징 씻기며 울고 있다

푸른 짐승

눈밭에 내동댕이쳐졌다가
연둣빛이 된다는 것
나에게도 예감의 봄이 준비되어 있다는 것

귀밑머리 간질이며 고개를 드는
저 햇살 좀 보아
따뜻한 눈짓으로 가슴을 한껏 뿜어 올리는
오래 잠든 땅을 비집고 일어서는
저 새순 좀 보아

가슴 속 얼음덩이 온전히 녹여내며
스스로 문을 여는 것
땅껍질 견디지 못하도록 비집고
솟아오르는 것

스스로 부푸는 무게를 다스리는,
이 봄날 한때,
나는 너의 푸른 짐승이라는 것

나무를 위한 변명

가지 하나 키우기 위해
캄캄한 물길을 더듬어가는 뿌리

연둣빛을 켜 든 가지의 힘은
뿌리가 길어 올리는 소슬한 사랑
가지와 뿌리는 나무의 전 생애다

서로 만날 수 없는 거리에서
가지는 제 머리에 뜨는 별을 모으고
뿌리는 이 밤에도 가지 끝으로
하늘 같은 등불 하나 올려보낸다

보아라,
뿌리 없는 집은 허물어진다
뿌리는 나무의 기둥
가지는 나무의 등불

서로 보듬는 그리움으로
나무는 오늘 더욱 단단해진다

근황

오장육부를 드러낸 뜨거운 것이 내 안에 산다
붙들려서 자주 흔들리는 끈끈한 아교질
그때마다 그늘은 슬그머니 비집고 든다
저 빛살에 밀려나는 어쩌지 못하는 물결무늬
지울 수 없는 목소리와 불분명한 얼굴들이다
마침내 그림자로 가득 차는 나날
허공이 철새들을 날리고 골목엔 처연한 달빛
달맞이꽃도 황망히 봉오리를 접는다
기억할 수 없는 이름들이
부를 수 없는 이름들이 아득히
거미줄에 하루살이로 까맣게 앉아있다
흔들리는 그림자, 오랜 꽃씨들은 발아하지 않는다
눈이 맑아진 것이다
문득 그리워지는 일이 사랑하는 일임을 깨닫는다
종일 그늘에 갇혀 울 때
빛은 높고 그림자는 일어서고
허공을 다스려온 바람이 빈 마당 휩쓸고 간다

아야진 바닷가에서

손녀들과 함께 주말을 보냈습니다
썰물에 드러난 바다 젖무덤에서
조가비를 줍고 미역 다시마를 캐면서
모래 묻은 몸은 달빛으로 씻어내리고
해안선에 내려온 찰랑대는 별도 만났습니다

마을의 집들은 창마다 불을 밝히고
등대는 수평선까지 뱃길 켜놓았습니다
손녀들은 이마에 솟는 땀을 닦고 있었습니다
그들 손은 무척 따뜻했습니다
다정한 말씨에 목소리도 부드러웠습니다
맑고 깊은 눈은 너무도 고요해서
내가 모르는 죄까지 들추어내는 듯하였습니다

문득, 고해성사라도 하고 싶어졌습니다
어둠이 나를 감추어준다 해도
저들 앞에선 더욱 환히 살아야 하겠습니다

황도黃桃

택배 상자를 열자
물컹한 단내가 거실 바닥으로 엎질러진다
감곡 햇사레복숭아 열다섯 개
황금빛 얼굴, 얼굴들…

한 입 확, 베어 물면
금세 단물 주르르 흘러넘치고
어디선가 벌 나비를 날아오를 것 같은,
뚝뚝 떨어지는 과즙으로 단골손님 진딧물과
벌 나비 떼로 넘쳐날 것만 같은

한 꺼풀씩 속살을 벗겨내다가
나는 읽는다,
시퍼런 칼날 같은 것들이 점령한 세상에서
저리도 제 몸 아낌없이 내어주는
둥근 것들이 너무나도 소중하다는 것을

내 몸에도 내어줄 것이 남아있을까,

복숭아, 그 한 알을 위하여
땡볕에 등허리 데인 얼굴을 기억한다
벌겋게 달아오른 복날,
달디 단 과즙 하나로 견디고 있다

늦여름 밤

뒤척거리며 선풍기만 돌려댄다
투덜투덜 골다공증을 앓는 선풍기
킥킥거리며 힘겹게 자정을 넘고 있다

바람 한 점 없는 밤, 어디선가
가느다랗게 목을 놓고 울어대는 풀벌레 소리

불면의 달이 눈에 불을 켜고
쓰다만 원고 뭉치를 힐끗거리고 있다

오싹해지는 등줄기
삐걱거리는 등뼈를 의자에 앉혀본다
엇나가는 펜이 낱말을 쫓아가고 있다

송이

내 기억의 송이밭에 꽃이 피고 있었다
소나무 아래 작년에 떨어진 솔잎이
매끈한 송이의 몸을 가려주고 있었다

바람 들고 양지바른 곳에서 봉곳이 자라는,
마치 어른의 그것과도 같은 저것
모두 후살이 간 누이를 닮아있었다

어디서 심봤다, 속으로 내지르는 소리를
산비둘기가 들었는지 구구 화답하고 있었다
나에게만 들리는 소리로 구구 울고 있었다

추석을 며칠 앞둔 날이었다
낮달 테두리가 한결 둥글어져 있었다

견딤에 대하여

비바람 부대끼면서 오롯이 피어나는 꽃
제 무게보다 더 무거운 눈덩이를 이고 선 나무
우박 맞아 몸 안에 상처를 가둔 사과
찬물의 길을 따라 상류로 올라가는 열목어

흔들리면서 모두
제 생을 살아가는 저것들,
무슨 빛깔의 무늬로 흔들리는 걸까

흔들리지 말아야 할 때 흔들리는,
흔들려야 할 때 흔들리지 않는, 저것들은

삶, 그리고 소통의 시학

임 동 윤

삶, 그리고 소통의 시학

임 동 윤

1.

한 편의 시가 우리 삶의 윤활유 역할을 해준다면 얼마나 좋을까요? 그렇게 된다면 우리 삶도 시를 통해 즐겁고 윤택해질 수 있을 것입니다.

그런데 요즘 유행하는 시들을 보면 이와는 무척 먼 거리에 있는 듯해서 안타까운 마음이 듭니다. 여러 가지 이유가 있겠지만 사회적 문제와 이념을 다루기보다는 다분히 자신의 신변과 의

식 세계를 그리고 있기 때문이라 여겨집니다.

그래서 소통의 공감대 형성이 애초부터 불가능합니다. 거기다 지나친 환상으로 소통을 일부러 제한하는 시 창작 방법을 사용하고 있기 때문이기도 하지요. 종래의 시 창작은 누구나 공감하는 시적 체험이나 역사 인식을 소재로 하였으나 이젠 개개인의 정신적 문제나 심리를 주된 소재로 삼고 있기 때문입니다. 실제 일어날 수 없는 환상의 세계를 모더니즘, 포스트모더니즘 등으로 치장하는 것입니다. 그러다 보니 서사적 구조보다는 형식주의에 치중하는 경우가 허다하다 하겠습니다.

이러한 시 창작 방법은 새롭다 할 수 있을 것이나 시를 읽는 독자를 외면한 것이라 할 수 있습니다. 자기 자신만 알고 더러는 그 시의 내용도 스스로 파악하지 못하는 시, 누가 뭐라든 자기만 만족하면 되는 시, 사회의 공기(公器)로서의 자세를 저버린 시, 읽는 자의 즐거움과 유익함이 전혀 느껴지지 않는 시들은 어쩌면 우리 사회에서 추방해야 할 백해무익한 작품이라 해도 과언이 아닐 것입니다.

그렇다면 어떤 유형의 시를 창작하는 게 좋을까, 고민해봅니다. 첫 번째가 이루어질 수 없는 환상의 세계를 그리지 말고 실제 체험한 사실을 바탕으로 시를 써야 한다는 말이지요. 거기다 난해한 구성보다는 쉬운 구성으로, 지나친 수사법보다는 접근이 쉬운 표현법을 사용하는 것이 좋으리라 생각합니다.

그러자면 가족 간이나 사회적 공감대의 이야기 등으로 리얼

리즘의 세계를 다루어야 한다고 보는 것입니다. 따라서 모더니즘, 포스트모더니즘의 형식보다는 진솔한 내용을 담아내는 것이 독자와의 거리를 좁히는 첩경이라 보는 것입니다.

2.

이제 본 시집에 수록된 시편들을 짚어보면서 독자와의 소통을 시작하기로 하겠습니다. 아래 작품은 「오목눈이 울타리」인데, 봄날의 하루의 정겨움을 연둣빛 재잘거림 속에서 드러내고 싶었습니다.

쥐똥나무 울타리 연둣빛 그늘에 들어
씨 씨, 찍찍 울던 붉은머리오목눈이가
그 특유의 낮은 비행으로 촘촘한 가지와
연둣빛 그늘 사이를 헤집고 있다
어디서 물고 왔는지 마른 풀로 집을 짓는다

아무도 눈여겨보지 않는데도 오목눈이 긴 꼬리가
깜빡거리며 경계심을 늦추지 않는다
아무도 손 닿지 않는 가지가 환해지면서
또 다른 아파트에서는 덩굴장미 몇 줄기가

허공을 오르며 쥐똥나무 울타리를 넘보고 있다

다가서는 나를 경계하는지 훌쩍, 날아오르더니
흔적 없이 아파트 출입문 밖으로 사라져 버린다
흔들리던 쥐똥나무 울타리가 파동을 멈추고
연둣빛 물결 속으로 나를 끌어들이고 있다

우리 아파트엔 촘촘하게 자란 쥐똥나무 울타리가 많습니다.
이른 봄이면 가지마다 연둣빛 새순이 돋아나서 보기에 참 좋았
습니다. 아직은 하얀 꽃이 피기 전인데, 고 작은 나뭇가지 사이
에 붉은머리오목눈이가 찾아와 새끼를 치기 위해 집을 짓는 것
이 보였습니다. 손가락이 겨우 들어갈 만큼 좁은 가지와 가지
사이, 연둣빛과 연둣빛 사이, 그 좁디좁은 틈을 비집고 주둥이
마다 마른 풀을 물고 와 바지런히 집을 짓고 있었습니다.

그때 본 것입니다. 쥐똥나무는 가지 사이를 비집고 드나드는
새가 성가실 텐데도 그냥 못 본 척 놔두고, 새는 또 능청스럽게
바지런히 드나들며 봄날 한때를 만끽하는 것을요. 이렇듯 나무
와 새는 교감하며 서로 공존하는 법을 배우고 있었습니다. 우
리 사는 일도 저들과 같았으면 얼마나 좋을까, 오래 생각해본
연둣빛 봄날이었습니다.

한평생 슬픈 일들은 많겠으나 2년 전 가장 가까웠던 친구 하

나를 하늘나라로 보낸 슬픈 일이 있었습니다. 일흔두 살의 아까운 나이에 세상을 떠난 그 친구가 바람 불고 비 오는 날에는 유난히 눈에 밟히곤 합니다. 그래서 몇 편의 작품이 가슴에서 우러나왔습니다.

아이들 소리 왁자한 가을 놀이터에서
한참을 멈추어 섰다가 걸음을 옮기는 당신입니다

호주머니에서 꺼낸 흡입기를 두어 번 들이마시다가
가까스로 두어 발짝 내어 딛는 오늘
하늘에는 나뭇잎 걸려서 노랗게 보이는 가을입니다

옥돔 구이집으로 가는 길은 더딘 걸음에 더욱 멀고
떨어진 나뭇잎 하나가 당신 발걸음에 깔려서 바람으로 남는

아이들 웃음소리 가볍게 허공을 오르는 길 밖의 길에서
귀밑까지 푹 눌러쓴 모자가 바람에 펄럭이는 가을입니다

　　　　　　　　　―「호흡과 가을」 전문

그대 숨결이 회복될 수 없음을 최후가

가까웠음을 한 인편이 알려왔네

부르르 떨리는 가슴 쿵쿵 방망이질 치네
창밖의 황갈색 낙엽을 따라 쿵쾅거리다가
마른 종이비행기로 팔랑거려보다가

보도블록에 누워보다가 아득히 저물어보다가
캄캄한 바람의 물안개로 곤두박질쳐보다가
황망한 날갯짓으로 하늘 올라가 보네

불쑥, 한 죽음을 기별한 사람에게
한참, 멀뚱히 불화살만 날려 보내네

―「한로寒露 근처」 전문

그 친구는 암 수술을 받고 투병 중인 몸에 호흡기 질환까지
앓고 있어서 잘 걷지를 못했습니다. 그래서 힘든 몸인데도 차
를 직접 운전하고 다녀야만 했습니다. 차에서 내려 조금만 걸어
야 하는 거리인데도 연신 호주머니에서 흡입기를 꺼내 물어야만
했습니다. 그해 마지막 가을에도 그랬습니다. 옥돔구이를 좋아
해 그 집으로 가는 가을 길은 너무 멀었습니다. 귀밑까지 모자
를 푹 눌러쓰고 얼굴이 반쯤만 드러난 그와 내가 마지막 식사

를 한 그해 가을이었습니다.

친구의 임종이 가까웠음을 안 것은 그해 10월 초순이었습니다. 일 년 중 이슬이 내리기 시작한다는 한로(寒露) 무렵이었습니다. 이 이슬은 늦가을부터 초겨울까지 내린다고 하는데 그 친구는 초겨울을 넘기지 못했습니다. 문병 때마다 두 손을 움켜잡으며 '퇴원하면 맛있는 음식을 먹자'고 다짐했던 친구는 이제 없습니다. 그의 죽음을 불쑥 알려준 어느 인편에게 공연히 화를 내고 부글거렸던 그해 가을도 다시 다가옵니다. 부디, 한 호흡 잘하고 나를 기다려달라고 바람결에 전하고 싶습니다.

시간 있냐고, 점심 할 수 있냐고… 책을 부치다 말고 집어 든 휴대전화에 메시지가 뜬 지 254일째 되는 초여름입니다.

마지막 단편집 『단둥역』을 낸 사내가 지하에 누운 가파른 산길은 비탈길이지만 그래도 초록으로 환하고 씨 씨, 찌찌 오리나무 숲 와자하게 둥지를 튼 붉은머리오목눈이의 꽁지가 유난히 길어 보이는 숲길입니다

무덤으로 올라가는 산비탈은 모래알 구르는 소리 정겹고, 하마터면 발길 미끄러져 발목 삘 듯한데 여자도 딸도 사위도 손자도 아무 때나 찾아오지 않는 먼 길, 뒤늦은 천국 찾아 나선 사내를 이제는 볼 수 있으려나……

지난봄 다 가도록 통 소식이 없던 사내가 문득 나타나 초록 산
기슭으로 나를 끌고 가는 초여름 깊은 밤입니다.

— 「현몽現夢」 전문

　　그 친구는 하늘이 이어준 참 인연인가 봅니다. 2004년 여름,
첫 장편 소설집 『겨울새는 머물지 않는다』도 내 소개로 출간했
기 때문입니다. 작품집 하나 없는 소설가가 무슨 작가냐고 늘
말하던 그의 소원을 내가 들어준 셈입니다. 원고를 가지고 인
사동으로 오라고 해서 〈문학의 전당〉 대표 김충규 시인을 만나
작품집 출간을 부탁한 것이 2004년 7월이었습니다. 그리하여
그 친구는 장편 소설집 『겨울새는 머물지 않는다』를 그해 9월
세상에 선보이게 되었습니다. 이 책은 다음 해 세종문학나눔 우
수도서로 선정돼 전국의 서점에 배포되기도 하였습니다.
　　그리고 2014년 춘천으로 귀향한 후, 그 친구와 나는 자주 만
났습니다. 툭하면 전화해서 '점심같이 할 수 있느냐?'고 물어
봤습니다. 바쁘다는 핑계로 열에 절반 정도는 거절한 것이 지금
은 마음에 큰 상처로 남아있습니다. 그리고 유고 작품집 『단둥
역』을 발간해준 것도 바로 나였습니다. 참으로 질기고도 질긴
인연이었습니다.
　　고교 1년 선배인 그. 고교 때부터 백일장에 나가면 입상하던

그였지만, 그때부터 술과 담배를 좋아한 것이 그를 일찍 떠나보낸 원인이 아니었나 모르겠습니다. 삼가 친구의 명복을 빌어봅니다.

3.

2020년 2월부터 번지기 시작한 코로나-19는 온통 세상을 바꿔놓았습니다. 반가운 사람과의 만남도 소원해지고, 매년 주최하던 테마시집 출판기념회와 신인상 시상식도 몇 번인가 미루다가 끝내는 취소하고 말았습니다. 전염병에 대한 불안과 염려에서 도저히 행사를 치를 수가 없었기 때문입니다. 그리곤 모든 것이 정지되어 버렸습니다. 그간 한 번도 거르지 않았던 시낭송회와 신인상 시상식도 벌써 2년째 시행하지 못하고 있습니다.

한 번도 경험하지 못한 코로나-19로 인해 영원한 것은 없다는 것을 새삼 깨닫습니다. 언제 어디서 어떻게 될 수 있다는 엄연한 현실 앞에서 오늘 행복하게 사는 것이 최선이라고 생각하게 되었습니다.

건강하다면, 허락이 된다면 볼 것 많이 보고, 맛있는 것 많이 먹고, 할 수 있는 것 최대한 다해보자는 생각에서 좀처럼 벗어날 수가 없습니다. 내일을 모르기 때문입니다.

아래 시편들은 코로나-19에 관한 것들입니다. 우선 작품을

먼저 읽고 따라가 보기로 하겠습니다.

①
목련 지고 왕벚꽃 진 다음
쥐똥나무 울타리 연둣빛 와자하게 뒤덮었어도
여행 떠나서는 안 된다는 소식을
티브이가 경고하네

아파트 밖 허공으로 유영하는
민들레 홀씨들
지난가을 숨진 친구의 말씀처럼 엿듣다가
옥계바다 백사장에 떠밀려온 조가비로 만져보다가

화들짝,
문을 열고야 마는 어두운 대낮

　　　　　　— 「홀씨가 되어 ―마스크 · 2」 전문

②
보랏빛 찰랑대는 그늘에 앉아보네

바람은 구름 한 점 몰고 와

더욱 고요해지는 오후
누군가를 기다리는 등꽃이 시들고 있네

보랏빛이 보랏빛을 먹고 먹는, 고요한
벤치 아래, 지난가을의 말씀들 가라앉고
보랏빛 벤치만 누군가를 기다리는
그 그늘에 마스크를 쓴 사내가 앉아있네

머리 위로 뚝뚝 떨어지는 보랏빛 향기가
황망히 노을 속으로 가라앉을 때까지

— 「노을과 함께 -마스크·3」 전문

작품 ①은 코로나-19로 인한 '사회적 거리 두기'가 시행된 시기에 쓴 작품입니다. 그때, 동해안 여행을 계획했으나 포기하고 말았습니다. 봄을 맞아 어디론가 떠나고 싶다는 마음이 부풀 때입니다. 온 산천이 연둣빛으로 물들며 새들은 자유롭게 재잘거리고 꽃씨들은 허공으로 날아다니는 봄날인데도 방안에 갇혀서 산다는 일이 힘에 무척 부쳤습니다. 그렇지만 베란다 문을 열고 심호흡만 할 수밖에 없었습니다.

작품 ②는 아파트 노인들이 모여서 환담하던 등나무 그늘에 아무도 찾아와 환담할 수 없는 안타까운 현실을 형상화한 것입니다. 보랏빛 등꽃이 찰랑대는 봄날인데도 코로나-19 때문에 모이지 못하는 장소가 되어버린 등나무 그늘 벤치. 마스크를 쓴 사람이 앉아있어도 서로 거리를 두고 말 한마디 제대로 나누지 못하고 눈인사만 나누어야 하는 서러운 봄. 이 서러운 봄은 언제 끝나는 것일까요? 치료제가 개발되어야만 끝나는 걸까요?

4.

살아가면서 제 뜻대로 산다면 얼마나 좋을까요? 자문자답해 봅니다. 살아낸다는 것은 어쩌면 견딘다는 것일지도 모릅니다. 우리 삶에서 고통과 눈물이 없다면 얼마나 무미건조할까요? 삶은 고통과 눈물의 연속입니다. 이 고통과 눈물이 없다면 기쁨과 즐거움도 있을 수 없습니다.

비바람 부대끼면서 오롯이 피어나는 꽃
제 무게보다 더 무거운 눈덩이를 이고 선 나무
우박 맞아 몸 안에 상처를 가둔 사과
찬물의 길을 따라 상류로 올라가는 열목어

흔들리면서 모두

제 생을 살아가는 저것들,
무슨 빛깔의 무늬로 흔들리는 걸까

흔들리지 말아야 할 때 흔들리는,
흔들려야 할 때 흔들리지 않는, 저것들은

—「견딤에 대하여」전문

눈물과 고통을 이기는 힘은 바로 견딤에서 옵니다. 우리가 사는 지상에는 견디며 사는 것들이 정말 많습니다. 비바람 눈보라를 견딘 나무는 봄이면 아름다운 꽃을 제 몸에다 촘촘하게 매답니다. 태풍에 떨어진 풋사과가 썩어서 다시 한 줌 거름으로 돌아가고 그것을 먹고 자란 나무는 이듬해 꽃과 함께 풍성한 열매를 매답니다.

깨끗한 물을 찾아 상류로 열목어들이 올라가듯이, 자기가 태어난 곳을 찾아 연어들이 돌아오듯이, 모두 흔들리면서 견디면서 나름대로 살아가는 법을 터득합니다. 흔들리지 말아야 할 때 흔들리듯이, 흔들려야 할 때 흔들리지 못하는 것이 우리네 삶입니다. 그래서 우리의 삶은 고통과 눈물의 연속입니다.

지난 홍수에 몸을 뒤엎은 바위들이

더 둥글게 사는 법을 터득하느라
바람과 얼음같이 차가운 물에 귀를 묻고
금강소나무 침엽의 말씀에 몸을 적시고 있다

귀를 열어도 잘 들리지 않던
귀를 닫아도 너무 잘 들리던 참 모진 날들
찬물 바닥에서 뒹굴면 모가 깎일까
바람 소리에 귀를 열면 대낮처럼 환해질까

— 「찬물 수행修行」 부분

언젠가 여름, 댐이 무너지고 산사태가 나고, 홍수가 나서 산
에서 떠내려온 돌들이 강바닥에서 찬물에 세례를 받는 것을 본
적 있습니다. 애초엔 땅에 묻혀서 얼굴을 드러낸 적 없는 모난
돌들이었습니다. 그 돌들이 강물에 씻기고 깎여서 둥근 모습으
로 바뀌겠지요. 그만큼 시간은 모든 것을 바꿔놓습니다. 저리
모난 돌들도 '바람과 얼음같이 차가운 물에 귀를 묻고/ 금강소
나무 침엽의 말씀에 몸을 적시고 있'는 것이지요. 둥글게 견디
는 것이겠지요.
　봄이면 가장 불편한 땅에서도 눈보라와 얼음을 견딘 것들은
소생합니다. 저마다 눈먼 세상을 밀어 올리고 머리를 비비대며
바람을 견디는 강인한 생명력을 이 봄에도 볼 수가 있습니다.

모든 생명은 온몸에 박힌 얼음조각을 녹여내며 죽은 듯이 죽지 않고 견뎌 왔습니다. 이제 우리 마음도 견디는 것들에 대한 믿음을 가졌으면 합니다. 견딘다는 것은 고통과 눈물을 의미하지만 그 이면에는 소망과 기쁨과 희열이 있습니다. 묵묵히 참고 견디는 일―. 이것이 가장 소중하게 느껴지는 오늘입니다.

5.

내 기억의 송이밭에 꽃이 피고 있었다/ 소나무숲 아래 작년에 떨어진 솔잎이/ 매끈한 송이의 몸을 가려주고 있었다// (중략) 어디서 심봤다, 속으로 내지르는 소리를/ 산비둘기가 들었는지 구구 화답하고 있었다/ 나에게만 들리는 소리로 구구 울고 있었다// 추석을 며칠 앞둔 날이었다/ 낮달 테두리가 한결 둥글어져 있었다

―「송이」 부분

팔부능선은 그를 기억하지 못하고/ 마침내 뿌리 끝으로 흘러내린 울혈鬱血,/ 발끝에다 길고 울퉁불퉁한 혹을 매달았다// 죽어서도 뿌리에 기생하는 질긴 목숨 같은/ 살아서 뿜어내지 못한 울

음이 가득 고인,/ 이뇨덩어리를 사람들은 복령*茯笭이라 부른다//
오늘, 산지기 사내가/ 쇠꼬챙이로 바닥을 찌르며 무덤을 찾는다/
산에 드는 날, 열에 아홉은 경건해야 한다

— 「복령」 부분

　　누구에게나 유년의 기억은 그리운 추억으로 남아있는 법이지
요. 지금 돌아보아도 내 유년의 기억은 울진군 금강송면에 가
있습니다. 한국전쟁 후 학교가 지어지기 전인 초등학교 1학년
시절, 돌배나무 아래서 가마니를 깔고 공부하던 시절이 떠오릅
니다. 초여름 돌배나무 숲에서 울어대던 참매미 소리까지 선명
하게 기억합니다. 방학 때는 물론 학교를 마치고 돌아오면 소
를 몰고 산으로 들로 헤맨 일이며, 맑은 물에서 멱을 감고 고기
를 잡던 일이며, 봄이면 두릅을 따고 나물을 채취하던 일이며,
추석 무렵 나만이 아는 소나무숲에서 송이를 따던 일이 주마등
처럼 스쳐 가곤 한다. 그래서 내 시의 일부분은 유년의 기억으
로 점철되어 있습니다.
　　그래서 그런지 목소리는 낮았지만 나는 염결성과 엄격성으로
절제와 균형의 아름다움을 노래해 왔다고 자부합니다. 살아있
는 것들의 아픔과 기쁨, 희망과 절망, 사랑과 배신의 격한 감정
까지도 조용히 가라앉혀 속삭이듯 단아한 언어로 표현하고 싶

었습니다. 그래서 나는 늘 내 목소리에 언제나 따뜻하고 부드러운 입김을 불어 넣고 싶은 겁니다. 이 세상에서 버려진 것들, 너무 작아서 힘없이 짓밟히는 것들에게도 늘 따뜻함으로, 때론 서늘한 반성으로, 혹은 부드러움을 바늘 끝같이 세워 날카로운 철침으로 표현하고 싶은 겁니다. 그래서 언제나 철침은 내 몸을 날카롭게 콕콕 찔러대기 때문에 또 그만큼 내 시가 단단하여 고통스러운 것도 사실입니다. 위에 인용한 두 편의 시, 「송이」 「복령」도 그런 것들입니다.

6.

수많은 혼돈과 우회의 길 끝에서 나는 굶주린 것들에게도 따뜻한 체온을 고스란히 나누어주고 싶었습니다. 가족으로부터 소외당한 노인들, 그런 노인들이 눈물겹도록 많습니다. 늙고 병들어 날마다 공원에 나와 무료급식을 기다리는, 길게 늘어선 그들을 볼 때마다 그 처연하게 고개 드는 고요가, 그 쓸쓸한 아픔이 왈칵 눈물로 쏟아지는 것입니다. 끝내 공원에서 떠돌 수밖에 없는 노인들의 말년이, 그 외로움이 그대로 내게 와 나 또한 자신의 외로움을 주체할 수 없는 것입니다.

옛집 부엌에 밥상 하나 둥글게 걸려있네
어쩌다 상판의 옹이가 빠져나갔어도
옻칠 벗겨진 테두리는 어머니 쪼그라든 젖무덤 같네
(중략)
어머니는 입맛 도는 소식만 밑반찬으로 내어놓으셨네
봉긋한 밥사발과 국그릇이 비워지면
올해 농사도 대풍이라고 환하게 웃으시던,
간혹 도시로 유학 보낸 자식들 걱정에
담장 밑 해바라기도 목을 한 뼘 더 늘였었네
(중략)
오늘은 먼지 누렇게 뒤집어쓴 밥상 하나
어쩌다 상판의 옹이가 빠져나갔어도
옛집 부엌에 보름달로 환하게 걸려서 있네

― 「그리운 밥상」 부분

이젠 하늘나라에 든 부모님도 거기에서 벗어날 수가 없었습니다. 그만큼 나의 시는 가족사의 아픔과 그로부터 빚어진 절망의 비망록, 혹은 일상의 권태와 허무에의 각서로도 충분히 읽혀집니다. 그러면서도 고독과 허무, 절망과 시련으로부터 일어서서 생의 극복과 참다운 삶을 성취해내려는 희망의 한 양식으로 단단하게 뿌리는 박혀 있습니다. 이런 것들이 나를 붙들고 있는 시의 힘, 그 뼈대를 이루는 근본 축이라고 느껴집니다.

어린 시절의 시골 기억, 홀몸의 어머니 생각, 모두 떠나 거미와 바람만 주인이 된 시골집, 내 밖의 집은 허물어지고 내 안의 집도 없는 영혼의 무숙자, 익명의 가출인 등등, 스산한 형상으로 가득한 풍경 속에서 나는 따뜻한 바깥을 그리워하게 됩니다.

나의 시는 풍경의 내면화와 내면의 풍경화가 겹쳐지는 곳에 자리합니다. 풍경 속에 스며 있는 미세한 감정의 떨림은 '단호한 비명'이거나 '불안한 눈빛'으로 자주 나타나지요. 상처 입은 적막감을 지니고 흔들리는 삶을 바라보는 시선은 다소 우울하지만 아주 슬프지는 않은 반투명의 그늘을 드리웁니다. 우리 삶의 주변에서 만나는 가르랑거리는 숨결을 형상화하고자 합니다.

이번 열다섯 번째 시집 『오목눈이 울타리』는 내가 바라보는 풍경의 내면이기도 하고 내가 소망하는 삶의 풍경화이기도 합니다. 나는 그것을 '오늘은 먼지 누렇게 뒤집어쓴 밥상 하나/ 어쩌다 상판의 옹이가 빠져나갔어도/ 옛집 부엌에 보름달로 환하게 걸려서 있네'로 형상화하고 싶은 겁니다.

7.

나는 어둠 속에서 빛을 보고 빛 속에서 어둠을 보기를 원합니다. 모든 것이 잠든 밤에는 더욱 고요한 어둠을 봅니다. 이렇듯 나의 응시는 정지된 시간의 응시가 아니라 계속 흘러가는 시간 속의 응시입니다. 그러므로 내 눈은 유년에서 지금까지 끊임없이 움직이고 있다고 보아야할 것입니다. 내 응시가 고통의 시간 끝을 향해서 간다고 본다면 분명 내 눈은 나에겐 깊은 아픔일 수 있겠지요. 자연 속에서도 내가 바라보는 어둠과 빛, 자연에 통하여 길을 찾는 나는 순수존재로서의 한 시인의 모습으로 남고 싶습니다. 그것이 비록 남 보기에는 그만큼 처연해 보일지라도 말입니다.

그러면서 나는 사물에 대한 되도록 밝은 눈을 가지고 싶습니다. 사물과 자아 사이의 오랜 친화에 온 힘을 쏟아붓고 싶은 것입니다. 그래서 나는 풍경 혹은 환경에 현란한 수사 없이도 그 존재가치를 짚어보고 그 대상으로부터 낮은 소리를 듣고 싶습니다. 작고 버려진 것들은 많은 시인이 누구나 즐겨 노래하는 영원한 소재입니다. 그런데 내 손끝에서 그들이 힘을 얻고 살아서 이 세상에서 모반을 꿈꾸기를 나는 갈망합니다.

그리고 내 시에서 자주 등장하는 것은 「폭설」「바람」「새」「아침」입니다. 많고 많은 시어 중에서 내가 이들을 왜 선호하는 걸까요? 그것은 폭설을 통해서 끝없는 평화와 아늑함을, 바람을 통해서 우주의 숨결과 작용을, 새를 통해서 존재의 한낮을 구가하는 생명의 약동을, 아침을 통해서 투명한 하루와 푸른 출발을 꿈꾸기 때문입니다. 바람은 저 먼 우주로부터 불어와 온갖 만물을 쓰다듬고 때론 띄워 올리기도 하며 흥분시키기도 하는데, 그것은 때론 우리에게 치명적인 유혹이 됩니다. 왜냐하면, 생명을 자극하는 바람의 존재란 완강하기도 하지만 때론 부드러워서 혼동하기 쉽습니다. 죽음과 삶을 한 몸에 지닌, 저 무한히 부푸는 욕망을 자극하는 존재이기 때문에 결국은 파멸의 길로 우리를 이끌기도 합니다. 그렇다고 해서 내 시가 온전히 어둠에 지배되는 것은 아닙니다.

나는 내 시에서 죽음과 생명, 소멸과 신생이 순환하는 우주의 질서에 대한 신뢰와 수긍을 그 바탕으로 해야 한다는 것을 늘 염두에 둡니다. 어린아이나 알을 통해서 새로운 신생을 염원하고 있습니다. 이것은 시간의 초월 위에 존재하며 또한 소멸의 끝에서 새롭게 피어나는 꽃이기 때문입니다. 내가 어둠의 심연에서 본 꽃들은 분명 절망 속에서 핀 처참한 꽃들이었을 것입니다. 그래서 그 꽃들 때문에 나는 절망하기도 합니다. 그러나 자연을 통해서 바라다본 세계의 꽃들은 희망의 꽃, 바로 신생의 알이었던 것이지요. 오늘도 새들은 푸른 숲에서 알을 까고 새끼를 치며 더러는 맑고 투명한 햇빛을 가지고 놀기도 하고 저 높은 하늘에 포롱포롱 오르기도 합니다. 그래서 나는 새로운 탄생을 노래하며 저 봄 둔덕에 핀 봄꽃이며 연초록의 잎새들을 사랑하는 것입니다.

이제 내 시가 얼마나 무거워지고 더욱 깊어질지는 나 자신도 모릅니다. 다만 내가 사유하는 그 부피 혹은 그 무게만큼 절정의 순간을 향해서 더욱 빠르게 숨죽이며 달려갈 것만은 분명합니다. 이 세상에 존재하는 모든 것들의 상처를 어루만지며 그 아픔의 흔적들을 빛으로 승화시키는 나의 작업이 어떤 빛깔, 어떤 깊이로 나타날지는 신만이 알 것입니다. 다만 조용히 지켜보고 보듬고 인내하면서 기다리는 일이 지금 나에겐 지금 소중할 뿐입니다.

소금북 시인선 09

나무를 위한 변명

ⓒ임동윤, 2021. printed in Seoul, Korea

초판 1쇄 인쇄 2021년 11월 20일
초판 1쇄 발행 2021년 11월 25일

지은이 임동윤
펴낸이 박옥실
디자인 유재미 정지은

펴낸곳 도서출판 소금북
출판등록 2015년 03월 23일 제447호
발행처 강원도 춘천시 행촌로 11, 109-503 (우24454)
편집실 서울시 중구 퇴계로50길 43-7 (우04618)
전화 (070)7535-5084, 휴대폰 010-9263-5084
전자주소 sogeumbook@hanmail.net
ISBN 979-11-91210-03-3   03810

값 10,000원

강원도   강원문화재단
         Gangwon Art & Culture Foundation

· 이 시집은 강원도 강원문화재단 후원으로 발간하였습니다.